La burrit
y el m

Lada Josefa Kratky

NATIONAL GEOGRAPHIC LEARNING | CENGAGE Learning

Un sábado por la mañana,
la burrita carga su canasta.
Va al mercado a vender piñas.

—Si vendo las piñas, me consigo un moñito, para quedar bonita como una muñequita.

Desde una rama, un monito le roba una piña.

—Dame mi piña —rebuzna la burrita.

—Dame mi piña —rebuzna también el mono.

—Es mía —chilla la burrita.

—Es mía —chilla también el mono.

—Te digo que es mía —dice la burrita. Y le lanza una roca.

—Te digo que es mía —dice el mono. Y le lanza la piña.

—Si vendo las piñas, me consigo un moñito, para quedar bonita como una muñequita.